Claire Grand
Psychologue

L'enfant à haut potentiel

LE COMPRENDRE POUR MIEUX L'ACCOMPAGNER

Hatier
parents

L'AUTEURE

Claire Grand est psychologue en libéral à Annecy spécialisée dans le haut potentiel et les troubles d'apprentissage.

Ancienne professeure des écoles puis psychologue scolaire, elle connaît bien l'enfant et l'élève, tant dans son milieu familial que scolaire.

Auteure de plusieurs livres sur le haut potentiel, l'autisme et les élèves à besoins particuliers, elle gère également différents sites Internet pour informer les parents et les personnels de l'école.

SOMMAIRE

INTRODUCTION 4

PARTIE I **Mieux comprendre le haut potentiel** 6

PARTIE II **Les 10 clés** 18

CLÉ N° 1 : DÉPASSER LE SENTIMENT DE DÉCALAGE 20

CLÉ N° 2 : MIEUX GÉRER SES ÉMOTIONS 26

CLÉ N° 3 : GÉRER L'HYPERSENSIBILITÉ 31

CLÉ N° 4 : DIMINUER L'ANXIÉTÉ 36

CLÉ N° 5 : DÉVELOPPER SA CONFIANCE EN SOI 42

CLÉ N° 6 : LUI APPRENDRE À S'AFFIRMER 47

CLÉ N° 7 : TROUVER DES SOLUTIONS À L'ENNUI 53

CLÉ N° 8 : AMÉLIORER LE SOMMEIL 59

CLÉ N° 9 : DOMPTER SA PENSÉE 66

CLÉ N° 10 : GÉRER LES AUTRES TROUBLES ! 70

CONCLUSION 75

RESSOURCES UTILES 77

INTRODUCTION

Accompagner son enfant précoce n'est pas toujours chose facile, tant ce fonctionnement atypique est encore mal connu des parents comme des professionnels...

Il n'est pas aisé de trouver des conseils, à moins de se rapprocher d'associations. Celles-ci n'étant pas implantées partout, les parents se retrouvent souvent démunis pour comprendre leur enfant différent, déconcertant, voire récalcitrant. Il pleure pour un rien, se met en colère à la moindre contrariété, n'est jamais content. Il est trop sensible et toujours inquiet. Il n'a pas la chance d'être insouciant, comme devrait l'être un enfant de son âge. Sans oublier que, parfois, il agace, il dérange, il déconcerte, ce qui lui vaut des réflexions qui le blessent et l'empêchent de grandir sereinement. Il perd confiance en lui, durablement. **Les parents voudraient l'aider, mais ne savent pas comment.**

Ceux qui ne connaissent pas le haut potentiel et qui ne sont pas concernés, pour leurs enfants ou pour eux-mêmes, ne parviennent pas toujours à imaginer en quoi ce fonctionnement peut compliquer la vie de ceux qui en sont affublés.

Autant il est possible de parler de son enfant lorsque celui-ci présente un trouble d'apprentissage, autant **il est difficile de parler de sa précocité, parfois même au sein de sa famille**. L'on craindra les remarques et les jugements. On s'attendra à entendre que l'enfant a de la chance d'être aussi bien équipé, et cela pourra paraître injuste à ceux dont les enfants ont une intelligence dans la norme. De plus, les parents savent qu'il est souvent considéré comme prétentieux de faire état de la précocité de son enfant, alors même que celui-ci se heurte à des difficultés.

Être différent n'est pas facile et, qui plus est, mal accepté par la société. Avoir un haut potentiel ne l'est pas davantage, même si, bien sûr, le parcours de chacun est différent. Il est simple pour certains, plus hasardeux pour d'autres, notamment ceux qui ont un profil cognitif hétérogène : ils pensent et ressentent les choses comme les enfants précoces, mais ne sont pas forcément en réussite. Ils vivent surtout les inconvénients de leur condition, sans pouvoir pleinement profiter des avantages.

Cependant, rien n'est fixé. L'enfant n'est pas condamné à avancer péniblement avec cette « précocité embarrassante », comme la nomme Jean-Charles Terrassier. Il peut en faire une force. Ce livre a pour but d'aider les familles à **comprendre leur enfant précoce** et à **l'aider à mieux vivre sa différence.**

PARTIE I

Mieux comprendre le haut potentiel

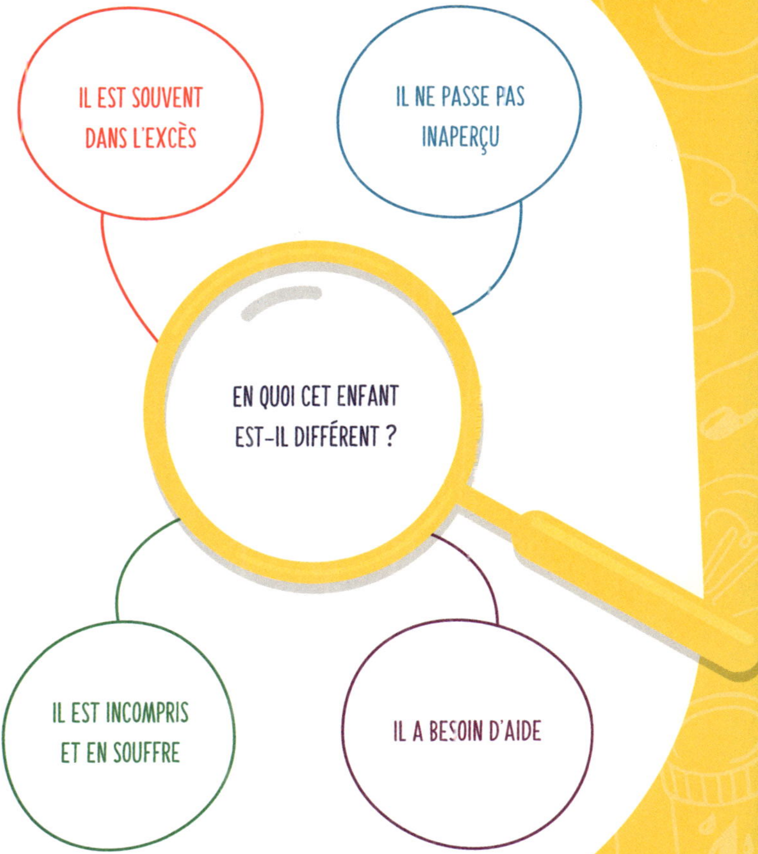
EN QUOI CET ENFANT EST-IL DIFFÉRENT ?
IL EST SOUVENT DANS L'EXCÈS
IL NE PASSE PAS INAPERÇU
IL EST INCOMPRIS ET EN SOUFFRE
IL A BESOIN D'AIDE

Les termes évoluent, mais désignent la même réalité. L'enfant surdoué du XXe siècle a laissé place à l'enfant philo-cognitif, nouvelle appellation proposée par une équipe de chercheurs de Lyon : Olivier Revol, Fanny Nusbaum et Dominic Sappey-Marinier. Pour eux, ce qui fait la spécificité de ces enfants, c'est **leur besoin de penser tout le temps et de surinvestir la sphère cognitive.** « Ils n'aiment que penser et penser autrement » comme le précise le sous-titre de leur livre, sorti en début d'année 2019. Entre-temps, ils ont été, tour à tour, des enfants précoces, à haut potentiel, des zèbres...

Quel que soit le qualificatif choisi pour les définir, ils présentent plusieurs caractéristiques communes, parfois discrètes dans les premières années, surtout chez les filles, ou tonitruantes chez d'autres. **Ce sont des enfants qui paraissent excessifs en tout :**

- Trop rapides ou même trop lents, pour ceux qui passent trop de temps à penser, à se poser mille questions et qui se dispersent avant d'avoir terminé ce qu'ils ont entrepris.
- Trop anxieux, trop sensibles, trop émotifs, trop fragiles.

- Trop excités ou trop déprimés.
- Trop réactifs et impatients.

Ils laissent les adultes perplexes.

Qu'est-ce que le haut potentiel ?

Le haut potentiel consiste à être différent, avec de très bonnes capacités intellectuelles et un fonctionnement cérébral particulier.

Un traitement de l'information différent

Il y a encore quelques années, la communauté scientifique affirmait que les enfants précoces avaient un cerveau qui fonctionnait mieux que celui de leurs petits copains, mais qui ne présentait pas de différence de forme, de volume, ni de fonctionnement. On sait aujourd'hui que c'est faux. Le cerveau de l'enfant précoce est bel et bien différent. Au niveau de sa structure, peu de différences ont été relevées, mais il ne traite pas du tout l'information de la même façon.

Lorsqu'un enfant ordinaire répond à une question, l'information est traitée à un endroit précis de son cerveau, dans un seul hémisphère. Au contraire, chez l'enfant précoce, l'imagerie médicale montre que **le traitement de l'information s'effectue dans plusieurs zones à la fois.** Plusieurs zones s'activent dans l'hémisphère droit et, en même temps, dans l'hémisphère gauche.

Deux groupes d'enfants précoces

L'imagerie médicale permet aussi de séparer les enfants précoces en deux groupes, tout comme le fait un test d'efficience intellectuelle :

- **ceux qui ont un profil cognitif homogène,** avec des scores très élevés dans tous les domaines ;
- **ceux qui ont un profil hétérogène,** avec des points forts, souvent dans le domaine de la compréhension verbale, et d'autres compétences beaucoup moins développées.

BON À SAVOIR

✓ L'hétérogénéité des scores obtenus à un test d'intelligence est visible à l'imagerie médicale : le cerveau de ceux qui obtiennent des scores hétérogènes au test traite l'information surtout dans l'hémisphère gauche, avec peu d'activations à droite. Ils ont tout de même un fonctionnement d'enfant précoce, dans la mesure où les deux hémisphères travaillent ensemble pour réaliser une même tâche.

De plus, ces recherches confirment ce qu'on savait déjà plus ou moins : l'information circule beaucoup plus vite au sein d'un hémisphère et entre les deux hémisphères. Ce n'est donc pas une impression : **un enfant précoce pense et comprend plus vite, parce que son cerveau est plus rapide.** C'est un élément qui devrait aider à comprendre que ce n'est pas complètement de la « faute » de l'enfant s'il veut toujours faire les choses rapidement et s'il est impatient. Il ne fait que suivre le rythme naturel de son cerveau.

Les manifestations de **cette différence de fonctionnement**

L'enfant précoce a un cerveau très rapide, très réactif.

- Il fait des liens, parfois de façon inconsciente, ce qui lui confère **une pensée de type intuitif**. Il sait quelle est la solution à un problème, mais ne peut pas dire pourquoi. Il ne sait pas expliquer comment il a fait pour trouver la réponse, car, justement, il n'a rien fait. Il le sait, c'est tout.
- Ce cerveau très réactif lui permet de **comprendre, d'apprendre, de mémoriser vite et efficacement** dans la journée et durant la nuit. En effet, son sommeil est très souvent différent de celui de l'enfant ordinaire, car structuré autrement. Alors qu'un enfant de plus d'un an passe environ 20 % de sa nuit en sommeil paradoxal, ce dernier peut être bien plus conséquent chez l'enfant précoce. En sommeil paradoxal, le cerveau est très actif. Il classe les informations rencontrées la veille et fixe en mémoire à long terme ce qui paraît utile. Davantage de sommeil paradoxal favorise la mémorisation et les apprentissages de l'enfant précoce.
- Avoir un cerveau trop réactif explique aussi bien d'autres choses : comment être patient et ne pas **se poser mille questions ni se torturer l'esprit** avec un cerveau survolté et si pertinent ? Comment ne pas être critique et en permanence en alerte avec un tel radar ?

- Et ce n'est pas tout. Beaucoup se demandent pourquoi cet enfant présente aussi **des différences sur le plan émotionnel et sensoriel.** C'est simple : son cerveau « saute sur tout ce qui bouge » ! Il amplifie tout, la remarque qu'on lui fait sur son comportement comme la modeste étiquette qui lui agresse la nuque.

L'enfant précoce au quotidien

Nombre d'enfants précoces passent inaperçus, surtout les filles qui ont plus de capacités d'adaptation et qui cherchent généralement à se conformer à ce qu'on attend d'elles. De même, avec leurs camarades, elles partagent plus facilement des centres d'intérêt communs et sont peu dans la compétition. Le petit garçon précoce qui aime parler de ses sujets de prédilection et qui n'aime pas confronter ses performances sportives risque d'être mal intégré parmi les autres garçons.

Un tempérament souvent tourmenté

Si la plupart des enfants précoces semblent identiques à leurs pairs, il y a les autres : ceux qui paraissent bizarres, excessifs, tourmentés. **Ceux qui dérangent par leur comportement ou leurs questions incessantes**. Ceux qui n'arrivent pas à être insouciants et qui laissent les adultes inquiets et démunis. Et que dire de ceux qui explosent à la moindre frustration ! La grande majorité d'entre eux est malheureusement hypersensible et en souffre.

- **L'enfant est dérangé ou bouleversé par les ambiances pesantes,** les remarques ou le ton de la voix qui le sermonne.

- **Il peut être perturbé voire agressé par le bruit,** certaines odeurs, le contact avec les vêtements et cette fameuse « étiquette qui gratte », ennemi bien connu des surdoués. Les enfants précoces hypersensibles ne font pas exprès. Ils ne font pas de caprice. Leur système sensoriel, couplé à un cerveau trop réactif, leur fait **ressentir trop fortement ces informations sensorielles.** Ils les subissent une première fois au moment de la perception, puis une seconde quand on leur reproche d'exagérer. Ils sont dans la double peine : ils subissent et on leur reproche de subir.
- Cette hypersensibilité se manifeste également sous la forme d'**une extrême empathie.** Ces enfants ne se contentent pas d'imaginer ce que l'autre ressent, ils le ressentent et le vivent littéralement. Que vous racontiez vos soucis à votre enfant ou qu'il les devine, il en est affecté, ce qui le fragilise et accentue son anxiété.

Une anxiété envahissante...

Très lucides, ils comprennent très vite que le monde n'est pas tendre, que les problèmes et les dangers potentiels sont nombreux, que leurs parents ne sont pas immortels ni capables de toujours les protéger. Ils ne peuvent pas, comme les autres enfants, se sentir en sécurité.

Ensuite, **il ne leur est plus possible de profiter du moment présent, sans tout intellectualiser,** se poser des questions et s'inquiéter. Certains imaginent le pire au moindre problème.

- **Le tout-petit aura des peurs assez communes**. Il craindra qu'un méchant se cache sous son lit, qu'un monstre entre dans sa chambre quand il dort, qu'un chien le morde dans la rue. À la différence que, chez lui, ces peurs seront nombreuses et envahissantes.
- **Plus grand, il aura peur de ne pas réussir ses évaluations scolaires**, d'aller chez le dentiste ou de parler aux gens qu'il ne connaît pas.

... qui leur impose un besoin de contrôle

Un enfant anxieux cherche à se rassurer.

- Pour cela, il s'oppose, refuse d'obéir, veut avoir le dernier mot et toujours gagner quand il joue à un jeu. Il veut, en fait, avoir **le contrôle** et **une impression de puissance** qui le rassurent. Plus grands, ils visent **la perfection,** notamment dans leurs travaux scolaires pour se rassurer sur leurs capacités. Mais, souvent, ils ne sont pas rassurés, car sans cesse déçus par leurs réalisations, même excellentes.
- Parfois aussi, s'invitent **des TOC (Troubles Obsessionnels Compulsifs)**, comme le besoin répété de se laver les mains ou de vérifier que la porte est fermée.
- L'enfant peut aussi contracter une ou plusieurs phobies, comme **la phobie scolaire**, causée par une peur de l'échec ou un harcèlement scolaire. Dans le pire des cas, l'enfant souffre de crises d'angoisse, liées ou non à des phobies.

Certains enfants sont réellement insupportables. Ils n'écoutent rien, n'obéissent pas, pleurent et font des crises de nerfs dès qu'on tente de les contraindre. Ces comportements plus ou moins volontaires proviennent d'une recherche de contrôle et d'une difficulté à gérer leurs émotions. Toujours ce cerveau trop réactif qui les gouverne et qu'ils n'ont pas encore réussi à dompter.

L'enfant précoce manque d'assurance

La confiance en soi est souvent mise à mal chez l'enfant précoce, ce qui s'explique aisément. **D'un naturel très lucide et critique,** il perçoit davantage ses lacunes et ses erreurs que ses compétences. Il peut avoir tendance à développer **une timidité importante** car il a peur de se confronter à ce qu'on pourrait penser de lui.

Malheureusement, son manque d'assurance est facilement détectable et incite les enfants mal intentionnés à se moquer de lui. **L'enfant timide et trop sensible est la cible idéale.** Il n'est pas rare qu'il soit victime de harcèlement à l'école et encore plus, ensuite, au collège. Il est capital qu'il apprenne à s'affirmer.

Les répercussions dans son rapport à l'école

Au niveau de ses apprentissages, il perd confiance en lui car il croit qu'apprendre doit toujours être facile, comme c'était le cas quand il était très jeune. À 3 ans, il pouvait manier parfaitement le langage, entrer dans l'apprentissage de la lecture rapidement et sans effort et comprendre des notions censées être trop complexes pour son âge. En grandissant, il est confronté de plus en plus souvent à des notions et des savoir-faire qu'il ne peut pas maîtriser immédiatement. Il en conclut qu'il a un problème, qu'il est bête et moins doué que les autres. En effet, ses camarades de classe ne baissent pas les bras comme lui, parce qu'ils savent qu'apprendre demande du temps et des efforts et que c'est tout à fait normal de ne pas réussir du premier coup. Avec cette vision déformée de ses performances, l'enfant précoce peut perdre le goût d'aller à l'école.

BON À SAVOIR

✔ L'ennui peut aussi expliquer le rejet du milieu scolaire, quand les exercices sont trop répétitifs et le rythme de travail trop lent. D'une manière générale, les enfants précoces ont tendance à s'ennuyer s'ils doivent réaliser des tâches inintéressantes et répétitives.

Les profils particuliers

Certains enfants précoces présentent des profils particuliers, notamment lorsqu'ils ont des compétences hétérogènes au test d'intelligence, des résultats scolaires aléatoires et/ou des troubles d'apprentissage.

UN TEST POUR ÉVALUER CETTE PRÉCOCITÉ

✓ Le WISC évalue des compétences précises, en lien avec l'intelligence. Il fait appel, également, à d'autres compétences qui peuvent être plus limitées ou déficitaires en cas de trouble d'apprentissage. Par exemple pour un enfant dyslexique ou un enfant qui a un trouble de l'attention. Il n'est donc pas rare qu'un enfant précoce ait des scores hétérogènes au test. Il n'est alors pas cohérent de calculer un QI, qui ne serait pas représentatif de l'ensemble de ses capacités. Le psychologue peut tout de même attester un haut potentiel si l'enfant en présente le profil et si un indice atteint deux écarts-types au-dessus de la moyenne, c'est-à-dire 130.

PARTIE II

1 DÉPASSER LE SENTIMENT DE DÉCALAGE

7 TROUVER DES SOLUTIONS À L'ENNUI

8 AMÉLIORER LE SOMMEIL

9 DOMPTER SA PENSÉE

10 GÉRER LES AUTRES TROUBLES !

2 MIEUX GÉRER SES ÉMOTIONS

3 GÉRER L'HYPERSENSIBILITÉ

Les 10 clés

4 DIMINUER L'ANXIÉTÉ

5 DÉVELOPPER SA CONFIANCE EN SOI

6 LUI APPRENDRE À S'AFFIRMER

1 DÉPASSER LE SENTIMENT DE DÉCALAGE

Presque tous les adultes à haut potentiel témoignent du décalage qu'ils ressentent, parfois depuis l'enfance. Les enfants l'expriment moins mais se sentent tout de même différents et l'avouent, pour peu qu'on les incite à se confier. Ils pensent être anormaux, nuls, voire fous. Certains expriment le souhait de changer, de devenir meilleurs, normaux, sans y parvenir.

Au moindre soupçon de précocité intellectuelle, il est utile de se renseigner sur le sujet pour vérifier si votre enfant correspond au profil décrit. Le cas échéant, **un bilan psychométrique** validera l'hypothèse. C'est important car, comme l'adulte, l'enfant ne se contente pas d'un doute. Savoir qu'il est certainement précoce ne suffit pas. Ce n'est qu'une fois la précocité attestée qu'il pourra comprendre **qu'il n'est pas anormal, mais simplement différent.**

➔ L'enfant précoce est **différent**

Être différent n'est pas facile à vivre et il est bon de lui expliquer pourquoi. Jadis, les hommes préhistoriques ont pris l'habitude de vivre en groupe, pour se protéger mutuellement et assurer la survie de l'espèce. L'homme est un être social, qui a besoin du groupe et, dans ce groupe, de se sentir comme les autres. L'enfant n'échappe pas à la règle et encore moins l'adolescent. C'est d'ailleurs à l'école que l'enfant précoce rencontre ses premières vraies expériences sociales. Il doit trouver sa place parmi des pairs qui lui servent de modèles et qui le jugent.

• *Discutez avec lui de sa différence...*

Les parents doivent être vigilants et écouter l'enfant. Un tout-petit n'exprimera pas clairement ce sentiment de différence et/ou d'exclusion dont il peut être victime. **Il est pourtant primordial de repérer très tôt ces difficultés pour éviter que l'enfant ne développe une mauvaise estime de soi**, à un âge où il est en pleine construction identitaire. N'hésitez pas à vous entretenir avec ses enseignants afin de vérifier qu'il a des relations sociales satisfaisantes, qu'il n'est pas isolé ou qu'il ne s'isole pas lui-même.

Lorsqu'un enfant l'évoque, ses parents ont un rôle essentiel à jouer pour l'aider à accepter sa différence. Vous pouvez lui proposer de lister ce en quoi il est différent. Même très jeune, il peut donner des éléments de réponse, tels que : « Les autres sont des bébés, je n'ai pas envie de jouer avec eux » ; « J'ai envie de parler des dinosaures (ou autre passion du moment) et ils ne veulent pas m'écouter ». L'enfant plus grand dira qu'il a l'impression que les autres ne le comprennent pas, qu'ils le trouvent bizarre ou se moquent de lui.

... pour l'aider à l'accepter

Pour chaque différence, demandez-lui pourquoi il pense que c'est un « défaut ». Le but est de le convaincre que tout ce qu'il distingue comme différent ne fait pas de lui un enfant moins bien que les autres. Le petit de maternelle qui ne se reconnaît pas dans ses camarades, qui n'aime pas jouer à bousculer ou à dire « caca boudin » n'est pas différent d'eux parce qu'il est anormal, mais parce qu'il est plus mature et qu'il n'a pas les mêmes besoins ni les mêmes envies. **Il est davantage tourné vers des centres d'intérêt intellectuels et créatifs**, ce qui ne fait pas de lui un enfant moins intéressant ni moins normal, bien au contraire.

Cependant, chacun est différent et doit être fier de l'être. D'ailleurs, il est plus facile de vivre une différence si on l'accepte soi-même. Montrez-lui, dans la rue, ces personnes qui ont les cheveux bleus ou qui s'habillent de toutes les couleurs. Elles extériorisent une différence de personnalité qu'elles pourraient cacher, mais qu'elles assument et revendiquent. Malgré quelques moqueries de temps en temps, elles vivent bien leur différence.

Toutefois, il est plus facile d'être différent à l'âge adulte que durant l'enfance et l'adolescence. Il faut donc conseiller à votre enfant d'être fier de ce qu'il est, mais sans mettre en avant ses particularités, afin d'éviter les moqueries.

La différence est **une richesse**

Accepter sa différence, c'est aussi comprendre que c'est **une richesse**. Demandez-lui en quoi **la différence peut être intéressante**. Il sait bien que la diversité des activités, donc la différence, augmente l'intérêt et le plaisir. La différence est appréciable et recherchée et il serait ennuyeux de vivre dans un monde où tout et tout le monde seraient pareils. De même, votre enfant est unique et atypique, c'est ce qui fait tout son charme.

Un développement intellectuel accéléré...

Si l'enfant est assez grand, on peut lui expliquer qu'il est différent et le restera parce que **son cerveau ne fonctionne pas comme celui des enfants ordinaires**. Des chercheurs ont observé comment travaille le cerveau, grâce à de grosses machines qui « regardent à l'intérieur ». Ils ont vu que le cerveau des enfants précoces active plusieurs zones en même temps, ce qui explique son fonctionnement particulier, que ce soit sur le plan cognitif, émotionnel ou sensoriel. Il doit comprendre qu'il gardera cette différence toute sa vie et qu'il lui faut apprendre à s'en accommoder.

... qui peut s'accompagner d'un retard du développement affectif

Il convient également d'expliquer à votre enfant qu'il peut paraître différent à cause de la **dyssynchronie**, terme inventé par Jean-Charles Terrassier pour exprimer le fait qu'un enfant précoce ne réalise pas tous ses développements de manière harmonisée. Il est plus mature sur certaines choses et a un développement intellectuel accéléré, mais **son développement affectif peut être retardé**, en partie à cause de son hypersensibilité, de son anxiété et de ses difficultés à gérer ses émotions. Peu sécure (les psychologues utilisent cet anglicisme pour désigner un état où la personne se sent en sécurité et n'est pas anxieuse), il a davantage besoin d'être câliné et rassuré. Il peut rester plus immature et se comporter parfois comme un enfant beaucoup plus jeune.

• *Aidez votre enfant à mieux comprendre son fonctionnement*

Les plus grands apprécieront de lire des livres sur le haut potentiel ou d'assister, pourquoi pas, à des conférences. On trouve, sur Internet, des vidéos d'Olivier Revol. Ce pédopsychiatre s'exprime d'une manière qui est accessible aux enfants.

Enfin, si votre enfant ne parvient pas à dépasser son sentiment de décalage, il peut être opportun de lui proposer **un suivi auprès d'un praticien spécialisé dans le haut potentiel.** Peu importe qu'il soit psychothérapeute, sophrologue ou autre, l'essentiel est qu'il connaisse bien les spécificités de l'enfant précoce pour bien le comprendre et l'aider.

➔ Des centres d'intérêt **en décalage**

Votre enfant peut se sentir en décalage du fait qu'il n'a pas les mêmes occupations que les enfants de son âge. Il préfère **lire ou discuter** pendant la récréation, plutôt que courir, jouer au foot ou chahuter. À la maison, il ne voit pas l'intérêt de jouer à la poupée ou avec un camion de pompiers, encore moins de rester passif devant la télévision. Il aime faire des constructions et, plus grand, lire ou faire des recherches sur Internet. **Le principal, c'est qu'il fasse des choses qui lui plaisent.**

• *Vous pouvez l'aider à se sentir inclus*

Conseillez-lui d'essayer d'en parler avec ses camarades, à petite dose pour ne pas les lasser et en écoutant, en retour, ce qu'ils souhaitent dire de leurs propres centres d'intérêt. Dès la classe de CE1, il peut demander à sa maîtresse l'autorisation de présenter un livre qu'il vient de lire ou un exposé. D'autre part, **n'importe quelle activité extrascolaire peut lui donner l'occasion de fréquenter des enfants ordinaires, autour d'activités qui les rassemblent.** Vous pouvez aussi inviter ses camarades de classe et leur proposer des occupations qui peuvent plaire à tous, comme le jardinage, le bricolage, la pâtisserie, la randonnée, le patinage... Votre enfant verra que les autres enfants apprécient aussi des choses qu'il aime faire et que, hormis dans le travail scolaire, il n'est pas toujours le meilleur.

BON À SAVOIR

✔ Si votre enfant souffre de son sentiment de différence, il aura sans doute besoin, par moments, de rencontrer des enfants qui lui ressemblent, de retrouver « sa tribu », pour être comme tout le monde. Il existe des associations qui proposent des activités ou des colonies de vacances qui leur sont réservées, autour d'activités susceptibles de les intéresser.

2 MIEUX GÉRER SES ÉMOTIONS

Les émotions font partie de l'être humain. Il est tout à fait normal et sain d'en ressentir. Il ne faut pas chercher à tout prix à les éliminer. Certaines personnes apprennent à mettre leurs émotions à distance afin de se faciliter la vie.

De l'importance **d'exprimer ses émotions**

Les personnes à qui on refuse le droit d'exprimer leurs émotions et de pleurer risquent de **se taire** et d'**accumuler des souffrances**, de **rester seules à les subir**, sans demander d'aide, de « trop tirer sur la corde » et de faire un jour un terrible burn-out. Nombreux sont les messieurs qui viennent me consulter à cette occasion et qui avouent avoir passé leur vie à ne pas montrer ce qu'ils ressentent, à se le cacher à eux-mêmes et aux autres, à se sentir fragiles à l'intérieur quand tous les croyaient forts et, parfois même, insensibles.

Et ce, dès l'enfance

Laissez vos enfants **accueillir leurs émotions** et **les exprimer librement**. Lorsque les émotions sont bridées, les conséquences peuvent être lourdes, un jour ou l'autre, à l'âge adulte : difficultés relationnelles, notamment au sein du couple, symptômes psychosomatiques, maladies graves, troubles anxio-dépressifs... Vos enfants doivent savoir qu'ils peuvent en parler et qu'ils ne sont pas responsables, encore moins coupables, de ce qu'ils ressentent. Les émotions, c'est comme la fièvre ou la douleur, ça nous « tombe dessus » contre notre volonté. Pourtant, de nombreux parents reprochent à leur enfant d'être triste ou en colère alors qu'il subit ces émotions.

Dans le respect de soi et des autres

Les émotions sont respectables, mais parfois envahissantes et leur expression non adaptée dans un contexte donné. Ce ne sont donc pas tant les émotions qu'il doit apprendre à contrôler, mais son comportement quand elles le submergent. **Les émotions ont la faculté de prendre le contrôle**, car elles sont gérées par une zone du cerveau dédiée à la préservation. Lorsque cette zone repère une situation de danger, les émotions sont activées pour nous protéger. Cela s'appelle communément le « stress ». Le cerveau repère un problème qui nous préoccupe (et, de nos jours, rarement un danger réel). La zone cérébrale dédiée à la survie prend le dessus sur celle qui sert à réfléchir et à prendre des décisions conscientes. En effet, pour sauver notre vie en cas de danger, il ne faut pas perdre de temps à réfléchir, il faut réagir vite, ce que fait le cerveau limbique par le biais des émotions. Retenez et expliquez à votre enfant que le cerveau « émotionnel » peut parfois se mettre en avant et l'empêcher de penser de façon efficace.

Le cas de **la colère**

Lors d'une grosse colère, **un enfant peut avoir un comportement nocif** pour son entourage, tel que crier, insulter, frapper, casser... S'il n'est pas responsable de sa colère, **il est responsable de ses actes** : ce qu'il dit et ce qu'il fait. Il est donc important qu'il apprenne à réagir de manière adaptée lorsqu'il est furieux.

Quand un enfant est sujet aux grosses colères, il faut en parler avec lui avant et après. C'est inutile d'essayer d'aborder le sujet pendant qu'il est en « crise ». Il n'est pas réceptif et le fait de lui parler peut accroître son énervement. Si l'enfant n'arrive pas à la désamorcer à temps, il faut la laisser s'exprimer et lui donner le temps de s'éteindre. Ce n'est qu'ensuite qu'il sera possible de parler avec l'enfant, quand il aura retrouvé son calme et ses esprits.

L'anticiper pour mieux la gérer

La gestion des colères nécessite de les **anticiper**. L'enfant doit savoir comment réagir quand il sent la colère monter. C'est pourquoi il est important d'en parler à un moment où il est **calme et réceptif**.

Le mieux à faire, quand il est en colère, est de **s'isoler**. Il doit comprendre que s'il ne s'isole pas de lui-même et que ses parents l'emmènent dans sa chambre, ce n'est pas une punition, mais l'occasion pour lui de se calmer plus facilement. Rester en face de la personne qui a occasionné la colère ne peut que l'attiser. D'autant qu'un enfant excédé perçoit en retour l'énervement de son parent, ce qui ne l'aide pas à s'apaiser.

Trucs et astuces pour en sortir

On peut aussi réfléchir avec lui à ce qu'il pourrait faire pour sortir plus vite de sa colère. Plusieurs solutions existent, mais chaque enfant doit trouver la sienne, parmi celles qu'on lui présente ou qu'il imagine. Il faut parfois en essayer quelques-unes avant de trouver la bonne.

- Par exemple, il peut prendre une feuille et **dessiner la colère**, ou simplement gribouiller la feuille. Il peut utiliser une bouteille vide dans laquelle il dit sa colère. Ensuite, il la ferme pour **« enfermer sa colère »** et la contenir symboliquement.
- Il peut aussi **décharger son excitation** sur des balles à tordre ou de la pâte à modeler. Certains préféreront courir dans le jardin ou se défouler en frappant un oreiller solide, réservé à cet effet. Pourquoi ne pas aussi l'équiper d'un punching-ball ?

Si l'enfant a quelques astuces pour ne pas se laisser complètement envahir, il apprendra plus facilement à contrôler sa colère. En grandissant, il en repérera les prémices et saura les gérer avant qu'elles ne deviennent excessives.

APPRENEZ À ACCUEILLIR TOUTES LES ÉMOTIONS DE VOTRE ENFANT

✔ À part la peur qui sera évoquée dans le chapitre sur l'anxiété, les autres émotions ne sont généralement dérangeantes que pour les parents. Ils sont inquiets de voir leur enfant triste, ou agacés de le voir monté sur ressorts quand il est très content. Ils aimeraient qu'il vive ses émotions de façon moins excessive. Le problème, dans ce cas, ce n'est pas l'enfant et ses émotions, mais l'adulte qui ne les supporte pas. Or, c'est normal qu'un enfant soit parfois triste, mais aussi excité et fatigant, surtout pour un enfant précoce, qui vit les choses intensément.

3 GÉRER L'HYPERSENSIBILITÉ

L'hypersensibilité fait doublement souffrir à cause de la gêne occasionnée et des remarques permanentes de l'entourage. On reproche à la personne hypersensible ce dont elle est, non pas coupable, mais victime.

L'hypersensibilité chez l'enfant précoce

Il est impératif d'**arrêter de critiquer** les plaintes de votre enfant, car il ne fait pas exprès d'être gêné par les étiquettes des vêtements ou par le bruit. Il ne fait pas un caprice quand il choisit de renoncer à un sport qui lui plaisait énormément à cause de l'odeur de transpiration de ses camarades. Certes, **il est excessif dans ses perceptions et ses réactions, mais il ne peut pas faire autrement**. Un petit garçon de 8 ans m'a donné sa définition de l'hypersensibilité : « Ça veut dire que quand quelqu'un dit quelque chose un tout petit peu pas gentil, ça fait facilement très mal. »

Expliquez-lui ce qu'est l'hypersensibilité

Expliquez à votre enfant qu'il est hypersensible à cause de son **cerveau très rapide et performant**, qui perçoit tout trop fortement, ce pourquoi il surréagit à la moindre remarque ou frustration et, chez certains, aux stimuli sensoriels.

Dites-lui que presque toutes les personnes surdouées souffrent d'hypersensibilité, à différents niveaux, à cause de ce **cerveau trop réactif**. Cela le rassurera de savoir qu'il n'est pas seul à avoir cette particularité et qu'il n'est pas « anormal ». En tant que parent, vous aimeriez qu'il apprenne à mieux gérer ses hypersensibilités. Est-ce vraiment possible ? Sur le plan émotionnel, il y a une certaine marge de manœuvre, mais n'espérez pas le voir modifier son fonctionnement sensoriel. Votre enfant peut se forcer à supporter un bruit, mais il ne peut pas ne plus en être incommodé. C'est d'ailleurs souvent l'inverse que l'on observe : **il semblerait que l'hypersensibilité sensorielle soit exacerbée à l'âge adulte.**

➔ Accompagnez son **hypersensibilité sensorielle**

L'hypersensibilité ne se gère pas seulement, **elle s'accompagne et s'aménage**. Sur le plan sensoriel, la seule chose à faire est d'éviter les sources de désagrément. Par exemple, si votre enfant ne supporte pas les étiquettes des vêtements, pensez à les couper systématiquement, ce que font déjà nombre de parents concernés.

• *L'hypersensibilité aux bruits*

S'il ne supporte pas le bruit, limitez les sorties dans les endroits trop peuplés et bruyants. Si possible, épargnez-lui les déjeuners à la cantine scolaire où le brouhaha est souvent un vrai calvaire pour les oreilles. Comprenez qu'il ait besoin de s'isoler un moment après avoir passé du temps dans un environnement sonore ou au cours d'un rassemblement familial. Vous pouvez lui fournir des bouchons d'oreille ou, plus efficace, un casque acoustique antibruit.

LE CASQUE ANTI-BRUIT, UN PRÉCIEUX ALLIÉ

✔ **Celui-ci diffuse des ondes contraires qui annulent les ondes sonores et qui réduisent considérablement le bruit perçu. Il peut soulager et aider un enfant qui a besoin de calme, par exemple en classe, pour se concentrer. Il suffit de taper « casque antibruit » dans un moteur de recherche, pour trouver des revendeurs.**

• *L'hypersensibilité aux odeurs*

Si votre enfant ne supporte pas certaines odeurs, éloignez-les, y compris si cela consiste à renoncer à votre parfum préféré. Il ne fait pas de caprice pour vous embêter, il cherche seulement à **se protéger de ce qui l'agresse**. S'il supporte difficilement les odeurs de transpiration, sachez qu'il existe une fibre textile qui limite le développement des odeurs corporelles, de manière très efficace et prolongée, y compris au cours d'activités physiques soutenues et par forte chaleur. Il s'agit de la laine mérinos, une laine très fine qui, généralement, ne gratte pas

➔ Aidez-le à améliorer son **hypersensibilité émotionnelle**

Seule l'hypersensibilité émotionnelle peut s'améliorer. Il faut pour cela aider votre enfant à **relativiser**. Demandez-lui de retenir les phrases qu'il entend dans la journée et qui le blessent. Prévoyez un temps tous les soirs pour les passer en revue. L'objectif est de l'amener à percevoir que ces phrases révèlent souvent autre chose que ce qu'il a « entendu » : son camarade lui a fait une réflexion pour le taquiner ou le blesser ; ce qu'il dit ne reflète pas la réalité. Cet autre camarade qui l'a vexé a seulement été indélicat ou a fait une remarque vraiment anodine qui ne remet en cause ni leur amitié ni ce qu'il pense de lui. Ce n'est qu'une remarque sans importance, qui n'aurait aucunement perturbé un autre enfant. À force de faire le point sur toutes les paroles qui l'atteignent, **il prendra l'habitude de relativiser et d'être moins affecté par ce qu'on lui dit.**

MÉMO

✓ Ne soyez pas avare de compliments, de marques d'affection, d'encouragements, car un enfant qui a une bonne estime de soi accepte plus facilement les remarques négatives. Il sait ce qu'il vaut et, par conséquent, ce qu'on lui dit lui passe plus facilement au-dessus de la tête.

Quant à **l'empathie**, elle peut aussi être vécue douloureusement par ces enfants qui se laissent submerger par les émotions des autres. Il faut les encourager à **raconter ce qu'ils ont ressenti** et en quoi cela les **bouleverse**. Les faire extérioriser est la meilleure solution pour les soulager, car ils pourront difficilement devenir moins empathiques, du moins dans l'immédiat.

Enfin, être hypersensible, c'est aussi **être facilement ému**, souvent aux larmes, par un film, une musique, une bonne nouvelle... Nul besoin de chercher à faire disparaître cette émotivité, car elle n'est préjudiciable que si elle est repérée par des personnes mal intentionnées. Votre enfant doit seulement apprendre à la cacher afin d'éviter que ses camarades en profitent pour se moquer de lui, le malmener ou, pire, le harceler.

BON À SAVOIR

✓ Si vraiment votre enfant est bouleversé en regardant les films trop tristes ou les informations télévisées, il est préférable de l'empêcher de les voir.

4 DIMINUER L'ANXIÉTÉ

La peur est une émotion qui sert à **nous protéger**, et ce depuis l'aube de l'humanité. Face à un danger mortel, un animal féroce par exemple, l'homme préhistorique n'avait d'autres solutions que de combattre ou de fuir à toutes jambes. Le rôle de la peur était de **l'avertir d'un danger** et de l'amener à **réagir vite.** Notre organisme a conservé ce fonctionnement, certes pas toujours adapté à la vie moderne.

Le cerveau limbique, centre de la peur

Une zone du cerveau est dédiée à notre sauvegarde : le cerveau limbique, communément appelé **« cerveau émotionnel »**. Il possède une sorte de radar qui surveille notre environnement pour y déceler tout signe de danger. Ce système est particulièrement efficace chez les personnes à haut potentiel, ce pourquoi elles sont généralement plus craintives et réactives.

Un mécanisme de défense efficace...

Quand un danger est détecté, le cerveau limbique prend les commandes, car l'urgence est de « sauver notre peau ».

Il ne faut pas perdre une seconde à « demander son avis » à la zone cérébrale qui gère le raisonnement. Cela explique, **qu'en cas de peur, il est très difficile de réfléchir**. Cela va de la crainte de ne pas réussir un contrôle qui embrouille l'esprit à la véritable panique qui rend la pensée complètement confuse.

Le cerveau limbique, responsable des émotions et notamment de la peur, commande au corps de se préparer à réagir, par exemple pour combattre ou se mettre à courir. Pour cela, **la respiration et le rythme cardiaque s'accélèrent**, ce qui permet à tous les muscles de recevoir davantage d'oxygène et d'être ainsi mieux armés. C'est très pratique, en effet, en cas de danger, mais inopérant et inconfortable quand il s'agit de la peur de ne pas réussir ce que l'on entreprend, d'être critiqué, de se confronter à des enfants qui se moquent, de parler en public, de s'approcher d'une araignée...

... mais souvent inapproprié

Le problème, c'est que le cerveau interprète parfois comme dangereuses des situations qui sont anodines et sans risque. Dans les cas extrêmes, la personne développe **des peurs irraisonnées**, sous forme de TOC ou de phobies, car son cerveau associe un risque sévère à un élément inoffensif de l'environnement, de façon tout à fait erronée. Quant aux situations préoccupantes, comme un examen à passer, un exposé à présenter devant toute la classe ou tout autre événement qui peut effectivement être considéré comme stressant, **le cerveau peut en amplifier l'appréhension**. L'enfant n'est alors pas seulement inquiet, il est angoissé et ne parvient pas à dépasser sa peur.

➔ Quand la peur **se transforme en anxiété**

La peur prépare notre corps à réagir : notre respiration et notre cœur s'emballent et d'autres manifestations corporelles peu agréables s'y ajoutent. Nous sommes censés agir, frapper, courir... dépenser cette énergie accumulée par ce mécanisme de défense qui prépare nos muscles. Or, **les peurs actuelles n'entraînent généralement pas de réaction physique**, ce pourquoi elles nous font nous sentir mal. De nos jours, la peur est très souvent **inappropriée** et **calquée sur les réactions des parents**, qui servent de modèle à l'enfant, ou sur leur discours : « Attention, tu vas te faire mal... » Ces paroles répétées amènent l'enfant à penser qu'il court de nombreux dangers, ce qui le rend plus vigilant et donc plus anxieux.

• *Accompagnez ses angoisses*

De plus, l'enfant précoce développe de l'anxiété parce que ses grandes capacités de raisonnement lui permettent de comprendre très tôt, trop tôt, qu'il y a de nombreux dangers qui le guettent. Tout petit déjà, il peut anticiper tout ce qui pourrait lui arriver. C'est important de rester à son écoute et de répondre à toutes ses sollicitations. S'il raconte par exemple qu'il a entendu parler d'un attentat, n'ayez pas peur d'accroître son anxiété en échangeant sur ce sujet. Il vaut mieux lui donner l'occasion de **verbaliser ses peurs** et d'obtenir les réponses aux questions qu'il se pose, plutôt que le laisser seul avec ses angoisses.

Rassurez-le sur le plan affectif

Les enfants précoces sont souvent anxieux et privés de l'insouciance qu'ont les autres enfants. Il faut **les rassurer sur le plan affectif** et leur montrer à quel point ils comptent pour vous. Un enfant n'est pas forcément persuadé que ses parents l'aiment, surtout s'il a une fratrie. Il peut penser que ses parents préfèrent ses frères et sœurs, notamment quand ceux-ci sont plus jeunes ou plus sages, donc moins souvent grondés. Il a aussi besoin qu'on le **rassure sur ses capacités**. Nous y reviendrons dans le chapitre sur la confiance en soi (voir clé n° 5).

Apprendre à **dépasser ses peurs**

L'anxiété n'est pas une fatalité et il est possible de travailler dessus (ou de la contenir).

Grâce à la respiration

Le cerveau fait un lien entre **danger**, **peur** et **respiration rapide**. En cas d'anxiété ou de crise d'angoisse, la première chose à faire est de **ralentir la respiration**. C'est une façon d'envoyer un signal clair au cerveau : la respiration est lente donc il n'y a pas de danger. La peur peut alors **diminuer et disparaître**. Certaines méthodes thérapeutiques reposent d'ailleurs sur le contrôle de la respiration, comme la sophrologie ou les TCC, les Thérapies Cognitives et Comportementales, que je vous conseille si vous sentez que votre enfant a besoin d'être aidé par un professionnel.

Si ses peurs restent gérables, vous pouvez l'aider à apprendre à les contrôler. Pour cela, il doit s'entraîner à diminuer le rythme de sa respiration. Demandez-lui de courir quelques secondes pour obtenir une respiration rapide puis d'alterner des inspirations et des expirations de 3 secondes. Quand il y parvient facilement, augmentez le temps à 4, puis 5 et 6 secondes.

BON À SAVOIR

✓ Vous pouvez utiliser une application qui aide à contrôler le rythme de la respiration. Il faut, par exemple, inspirer quand une bulle monte et expirer quand elle descend. Vous trouverez ces applications en tapant « cohérence cardiaque » dans un moteur de recherche.

• *En confrontant sa peur*

Une fois que l'enfant parvient à apaiser sa respiration, il est davantage en mesure de contrôler sa peur et de faire baisser son taux d'angoisse lorsque celle-ci survient. Cela permet d'affronter des situations très anxiogènes habituellement, comme s'approcher d'une araignée, pour une personne phobique. C'est la méthode employée dans les TCC et qui consiste à **habituer progressivement le patient à être exposé à ce qui l'angoisse**. Il s'agit d'envoyer un message au cerveau : « Tu vois, tu t'es trompé, cette araignée n'est pas dangereuse. Je m'en suis approchée et il ne m'est rien arrivé. Arrête de me faire peur avec ça ! » Il faut parfois plusieurs semaines pour y parvenir.

MÉMO

✔ Si vous lui expliquez en des termes simples et accessibles, un jeune enfant peut tout à fait comprendre que son cerveau se trompe en « pensant » qu'il y a un danger alors que ce n'est pas vrai et qu'on peut lui faire comprendre qu'il se trompe. Pour cela, il faut lui envoyer deux messages :

- la respiration ralentit : il n'y a pas de danger ;
- on se confronte à ce que le cerveau pensait dangereux : il n'y a pas de conséquences néfastes.

Le danger n'était donc pas réel et la peur inappropriée.

5 DÉVELOPPER SA CONFIANCE EN SOI

L'enfant précoce, comme l'adulte à haut potentiel, a souvent **une piètre estime de soi**, couplée à **un manque d'assurance**. Il pense qu'il ne vaut rien et qu'il n'est pas capable de réussir aussi bien que les autres, aussi paradoxal que cela puisse paraître.

➔ Un cruel **manque de confiance en soi**

Il y a une explication logique à cela. Un enfant qui a une intelligence ordinaire doit faire souvent des efforts pour comprendre et apprendre. D'emblée, il est évident pour lui qu'apprendre n'est pas toujours facile ni rapide. Face à des difficultés, cet enfant-là insiste et finit par réussir. Il sait qu'apprendre, c'est ça : au début, c'est difficile, mais, à force de s'entraîner, cela devient facile. Il sait qu'apprendre demande du temps et des efforts. Au contraire, le petit précoce ne le sait pas. Il apprend très vite et comprend sans effort. N'ayant pas d'autres repères, il pense qu'apprendre, c'est ça : on lui explique une fois et, ça y est, il sait. C'est instantané et facile. Plus tard, quand ils sont confrontés à des notions ou des savoir-faire plus complexes, **les enfants précoces se découragent, car ils ne sont pas habitués à être en difficulté** et ne savent pas que c'est normal de ne pas tout réussir immédiatement. Ils pensent alors qu'ils ont un problème, qu'ils sont bêtes et moins capables que les autres.

De plus, ces enfants très observateurs et critiques ont tendance à **se focaliser sur leurs imperfections**, à voir le détail qui ne convient pas, la petite rature sur leur dessin qui, pour eux, gâche tout. Souvent perfectionnistes, ils sont insatisfaits de ce qu'ils produisent. Ce qu'ils font n'est pas assez bien, ce qu'ils sont ne l'est pas davantage, d'où cette piètre estime de soi.

Enfin, ces enfants hypersensibles ont tendance à prendre pour argent comptant la moindre réflexion, qu'ils entendent comme un jugement de valeur, ce qui noircit considérablement l'image qu'ils ont d'eux-mêmes.

Les bienfaits de **la psychologie positive**

Peut-être avez-vous entendu parler de la psychologie positive. C'est une façon d'appréhender l'éducation, en insistant sur **les remarques positives, les encouragements et les félicitations** et en limitant les remarques négatives. Elle donne confiance en soi et améliore les relations entre les enfants et les parents.

Dites « je »

La psychologie positive conseille d'utiliser des « messages-je », c'est-à-dire de parler de son ressenti plutôt que de l'enfant. Il faudrait par exemple dire : « Je ne supporte pas le bruit que tu fais », plutôt que : « Tu fais trop de bruit. » La première formulation expose une plainte et, de façon sous-jacente, une demande pour que l'enfant baisse le volume, quand la seconde sonne comme un reproche.

Évitez les reproches

Évitez les reproches et expliquez à votre enfant qu'ils portent sur son comportement et non pas sur sa personne ni sur sa valeur. Ils n'ont pas pour objectif de le dénigrer, mais de **l'éduquer**, c'est-à-dire de **lui donner les bonnes habitudes** pour qu'il devienne plus tard un adulte respectueux des règles et des gens. Il faut aussi veiller à utiliser **le bon vocabulaire**. On a trop souvent l'habitude de dire d'un enfant qu'il est insupportable, alors que c'est son comportement qui l'est. L'enfant ordinaire entend généralement qu'on se plaint de son comportement. L'enfant précoce entend plutôt qu'il n'est pas un bon enfant et qu'on ne l'aime pas. Ce type de paroles le remet en question, alors que ce n'est nullement l'intention de ses parents.

Le cerveau humain focalise sur les reproches, car il est programmé pour être vigilant et repérer surtout le négatif : ce qui pose problème, ce qui le met en danger. C'est dû à l'instinct de survie. C'est pourquoi **une remarque négative aura beaucoup plus d'impact qu'un compliment**.

Pour compenser le « mal » que fait un reproche, il faut de nombreux compliments. Les reproches doivent donc être évités autant que possible et correctement exprimés.

Afin de limiter leur effet négatif, il est conseillé de commencer par un compliment afin que le cerveau entende, en premier, une remarque positive, par exemple : « Je sais que tu fais de ton mieux et je suis fier(e) de toi, mais je suis contrarié(e) par ton comportement d'aujourd'hui. »

De même, il faut absolument veiller à ne pas se plaindre de lui lorsqu'il est présent. Un enfant précoce a presque toujours les oreilles qui traînent, surtout quand les adultes se mettent à parler moins fort et qu'il soupçonne qu'on cherche à lui cacher quelque chose.

Montrez-lui que vous l'aimez

Il faut montrer encore plus d'amour à un enfant opposant dont le comportement est souvent insupportable, car il a une mauvaise image de lui et a encore plus besoin d'amour pour avoir confiance en lui. Pour les plus jeunes et pour les grands aussi, je vous invite à découvrir le conte des Chaudoudoux (voir les références en fin d'ouvrage, dans les « Ressources utiles »). Il aide à mieux comprendre l'importance des signes de reconnaissance positive : **câliner, encourager, faire des compliments, prêter attention à l'autre, l'aider.** On peut organiser des séances de « Chaudoudoux », qui consistent à dire à chacun, parent comme enfant, tout ce qu'on aime chez lui, ce qu'il sait bien faire, les efforts et les progrès qu'il a accomplis...

BON À SAVOIR

✔ Pour que votre enfant développe sa confiance en soi, montrez-lui que vous lui faites confiance et qu'il est capable. Évitez de refuser son aide, sous prétexte que vous ferez mieux ou plus vite que lui.

Aidez-le à avoir conscience **de ses capacités**

Expliquez à votre enfant qu'apprendre n'est pas toujours facile et rapide. Même avec un haut potentiel, **l'apprentissage demande des efforts et du temps**, notamment pour acquérir l'écriture cursive. De nombreux enfants précoces prennent l'écriture en grippe parce qu'ils ne parviennent pas à écrire correctement en quelques jours. Quelques séances auprès d'un graphothérapeute leur donneront l'occasion de se réconcilier avec l'écriture et de constater qu'ils sont tout aussi capables d'écrire vite et bien que leurs camarades.

De même, faites prendre conscience à votre enfant, le cas échéant, qu'**il est trop exigeant**. À mettre la barre trop haut, il ne peut qu'être déçu et insatisfait de ce qu'il réalise, ce qui accroît son manque de confiance en soi. De plus, vouloir faire trop bien est contre-productif, car cela ajoute une pression qui rend moins performant. Rappelez-lui que le stress bloque le raisonnement. **Les émotions « parlent » plus fort que la « pensée intelligente »**. Quand on a peur de ne pas bien réussir, on est moins disponible mentalement pour réfléchir et donc moins efficace. Il doit se donner le droit à l'erreur et ne pas viser la perfection. Il doit seulement faire de son mieux.

6 LUI APPRENDRE À S'AFFIRMER

Votre enfant n'ose pas s'affirmer, donner son avis, ni dire non quand il n'est pas d'accord. Il ne sait pas se défendre quand un enfant l'embête, l'insulte ou le bouscule. Très vite, ses camarades d'école repèrent que c'est la cible idéale.

Le harcèlement **à l'école**

Il n'est pas rare que les groupes humains cherchent un bouc émissaire. **L'enfant précoce trop sensible et trop peu sûr de lui est alors la victime toute désignée**. Pour les harceleurs, ce n'est qu'un jeu, mais il est douloureux pour celui qui subit les brimades. Si votre enfant se plaint de mauvais traitements, s'il l'évoque à demi-mot ou simplement si son comportement change, s'il ne veut plus aller à l'école ou s'il somatise, il est judicieux de soupçonner du harcèlement et de lui en parler. La solution ne sera pas forcément d'avertir les professeurs ou d'attendre le « bourreau » à la sortie de l'école pour lui « remonter les bretelles ». Cette attitude trop maternante ne l'aidera pas à apprendre à s'affirmer et encore moins à se sentir capable de le faire. Elle reste efficace dans les petites classes, mais devient vite inopérante.

Amenez-le à comprendre le harcèlement dont il est victime

Votre enfant doit comprendre qu'il « attire » les comportements de harcèlement parce que ses camarades perçoivent qu'il est trop sensible et peu sûr de lui. Cela se voit dans sa posture, son regard et ses silences. Dès lors, ils savent qu'ils peuvent se frotter à cet enfant qui paraît fragile et inoffensif ; ils ne risquent rien, car il ne se défendra pas.

Le mieux est de le faire réfléchir pour qu'il le comprenne par lui-même, en lui posant quelques questions : « À ton avis, pourquoi t'embêtent-ils ? » Sans doute va-t-il répondre que c'est parce qu'ils sont méchants. C'est l'occasion d'expliquer qu'**un enfant qui ressent le besoin d'en blesser un autre est souvent, non pas méchant, mais mal dans sa peau**. Lui aussi est peu sûr de lui, malheureux ou peu sécure. C'est pour cela qu'il a besoin de s'en prendre à un enfant fragile : **pour se sentir plus fort et se rassurer.** Ce dernier n'est pas plus fort que lui, il essaye seulement de le faire croire.

Aidez-le à comprendre qu'il est plus souvent victime parce qu'il montre qu'il n'est pas sûr de lui. En effet, si un enfant n'a pas une position assez solide, s'il ne se tient pas bien droit quand on l'approche ou quand il traverse la cour, s'il regarde ailleurs ou ses pieds quand on lui parle, on voit qu'il n'est pas à l'aise. S'il ne répond pas aux attaques, si ses propos contiennent de la colère, de la plainte ou s'il y a des trémolos dans sa voix, il montre qu'il a peur.

Aidez-le à se faire davantage respecter

Vous pouvez réfléchir ensemble à ce qu'il faut **changer dans son attitude** puis l'entraîner avec des jeux de rôles. Un parent joue le rôle du harceleur et l'enfant celui de la victime. L'autre parent observe ou, mieux, filme. Après chaque scène, on analyse, on questionne l'observateur et on visionne la vidéo.

Le changement passera par **une attitude plus assurée qui se traduira par une posture plus ferme et un regard plus direct**. Pourquoi ne pas s'entraîner, en famille, à lancer des regards noirs, en se regardant dans le miroir ? Ce jeu sera sans doute amusant et dédramatisera la situation.

Entraînez sa repartie

Votre enfant doit aussi avoir une bonne repartie, si possible sur **le ton de l'humour.** En effet, il ne faut pas qu'il se trouve démuni quand on lui fait une remarque blessante. Au début, il doit se préparer à répondre, afin que cela devienne ensuite naturel et automatique. On peut réfléchir avec lui à ce qu'il pourrait répondre selon ce qu'on lui dit.

Par exemple, s'il trébuche et tombe, avant même que certains se moquent de lui ou après qu'ils l'ont fait, il peut dire sur un ton désinvolte : « Eh bien, au moins, je ne tomberai pas plus bas. »

BON À SAVOIR

✓ L'humour et l'autodérision sont une grande aide dans ce genre de situations où des enfants cherchent à blesser et à prendre le pouvoir sur un autre. Cependant, la repartie doit sembler spontanée, ce pourquoi l'enfant doit s'entraîner.

S'affirmer, **c'est oser**

S'affirmer, c'est aussi **donner son avis** sans craindre le regard de l'autre, **dire non** sans culpabiliser, **aller parler aux inconnus** et **se faire des amis**. Le préalable à ces capacités, c'est de se reconnaître une valeur, pour avoir le courage de s'exposer. Il faut insister sur le fait que votre enfant n'est pas moins bien que les autres, même s'il est différent et qu'on se moque de lui.

Se faire des amis...

Pour se faire des amis, il peut observer comment font ses camarades pour engager une conversation, quels types de sujets intéressent ses pairs, ce qu'ils aiment, ce qu'ils n'aiment pas. Ensuite, il doit apprendre à les imiter, comme s'il jouait un rôle, pour se comporter de la manière qui convient. Dans les situations sociales, **on joue tous plus ou moins un rôle**. De fait, on ne se comporte pas de la même façon avec un proche qu'avec un supérieur hiérarchique. **On adapte nos attitudes et notre langage.** Pour se faire des amis, votre enfant doit s'adapter à ses camarades, en parlant de sujets qui leur plaisent, en jouant aux mêmes jeux ou du moins à certains, sauf s'il les trouve inintéressants et qu'il préfère rester seul. Jouer un rôle n'est pas une solution à long terme, mais peut être envisagé pour améliorer ses relations sociales pendant l'enfance et l'adolescence. Plus tard, il pourra choisir ses fréquentations et être naturel, sans avoir besoin de s'enfermer dans un faux-self (une personnalité de camouflage). S'il n'est pas trop timide, l'inscrire dans un cours de théâtre peut l'aider à développer son aisance pour s'exprimer en société.

Aider un élève en difficulté peut aussi l'amener à créer des liens. Vous pouvez suggérer à son enseignant de lui confier un élève qui a besoin qu'on lui répète les consignes, qu'on lui réexplique ce qu'il doit faire, qu'on l'encourage...

... mais pas à n'importe quel prix

Attention cependant, certains jeunes, surtout à partir du collège, font exprès d'avoir de mauvaises notes. Ils pensent qu'ainsi, ils ne seront plus considérés comme des « intellos » et seront davantage respectés. Il faut mettre en garde votre enfant contre ce mauvais choix. Si certains élèves sont jaloux de ses bons résultats scolaires, il ne doit pas chercher à tout prix à leur plaire, car si ceux-ci ne l'apprécient qu'à la condition qu'il ne soit pas bon élève, leur amitié ne vaut rien et ne lui apportera rien de bon.

Il faut aussi lui expliquer que **son besoin d'appartenance ne doit pas l'inciter à tout accepter.** C'est important d'avoir des amis, mais il ne doit pas faire n'importe quoi ni prendre des risques, de peur d'être rejeté et considéré comme peureux. Les enfants ne sont pas assez alertés sur certains jeux potentiellement mortels, comme ceux qui consistent à s'étouffer.

Apprenez-lui à dire non

S'affirmer c'est dire non sans culpabiliser, pour se respecter soi-même et se faire respecter. Par exemple, s'il est invité à une fête d'anniversaire et qu'il n'a pas envie de s'y rendre, il ne doit pas se sentir obligé d'accepter l'invitation ni culpabiliser de refuser.

Attention toutefois, **s'affirmer ne signifie pas s'opposer à l'autorité**. Il faut que votre enfant comprenne qu'il doit rester à sa place d'enfant et accéder aux injonctions des adultes, sauf s'il est victime d'injustice criante, de violence ou d'agression sexuelle. C'est important qu'il connaisse ce risque et sache qu'il doit absolument alerter au moindre comportement suspect de la part d'un adulte ou d'un plus grand.

Si se soumettre à l'autorité ne signifie pas tout accepter, un enfant doit tout de même respecter la parole de l'adulte. Or, un enfant précoce, pourtant généralement respectueux des règles, a souvent du mal à les accepter si elles ne lui paraissent pas justes et justifiées. Un argument comme « C'est comme ça » n'a pas de sens pour lui. Il faut **prendre le temps de lui expliquer** en quoi cette règle est utile, sans chercher à tout prix à se justifier.

7 TROUVER DES SOLUTIONS À L'ENNUI

L'enfant précoce s'ennuie quand il ne sait pas quoi faire, si on lui impose des tâches qui ne l'intéressent pas, surtout si elles sont répétitives, s'il doit patienter ou si les conversations ne portent pas sur les sujets qu'il aime aborder. L'enfant précoce peut aussi ressentir de l'ennui quand il est seul, qu'on ne s'intéresse pas à lui et qu'il se sent négligé. Sans oublier l'ennui en classe, dont on parle fréquemment, même s'il n'est pas systématique.

➔ Lutter contre l'ennui au quotidien

Comme beaucoup de personnes à haut potentiel, votre enfant aime certainement **créer et apprendre**. C'est généralement ce qui est le plus stimulant pour lui.

Stimulez sa créativité

- **Proposez-lui diverses activités** telles que le dessin, la peinture, le découpage, le collage, le tricotage, le jardinage, la cuisine... Ce qui importe, c'est de **varier le type de création** pour ces enfants très curieux qui aiment découvrir et ne pas toujours faire la même chose.

Si votre enfant est trop jeune pour créer seul, partagez ce moment avec lui

- **S'il aime faire des photographies**, il peut être intéressant pour lui de créer un blog pour y afficher ses plus belles prises de vues, de manière à les partager avec ses proches et à les conserver dans une sorte de joli album photo numérique. Un enfant de 10 ou 12 ans est tout à fait capable de **créer un site, un blog ou un forum** s'il est aidé par l'un de ses parents. Très vite, il pourra se débrouiller seul et mieux que les adultes.

Stimulez son intellect

Il peut aussi produire **des créations « intellectuelles »** : un petit livre d'images qu'il découpe et colle sur un carnet ou, s'il sait lire et écrire, une histoire qu'il invente, écrit et illustre pour offrir à son petit frère. Un enfant plus grand peut **créer un site sur Internet** pour expliquer ce qu'il sait sur un ou plusieurs sujets qu'il affectionne.

S'il aime comprendre et apprendre, incitez-le à se documenter. **Inscrivez-le à la bibliothèque** pour qu'il y trouve des livres sur les sujets qui le passionnent. Abonnez-le à une revue pour enfants, sur les animaux ou la science, par exemple.

S'il est assez grand pour cela, apprenez-lui à **faire des recherches sur Internet.** C'est une source quasi intarissable d'informations diverses et variées, une vraie mine d'or pour ces enfants curieux et avides de savoir. Un enfant précoce passionné par un sujet aime passer du temps à lire et apprendre sur ce sujet. C'est souvent dans ces moments de recherche qu'il se sent réellement vivant car il a besoin de **nourrir son cerveau de connaissances nouvelles et intéressantes**. C'est un des meilleurs moyens pour lui de ne pas s'ennuyer.

Partagez des moments ensemble

Si votre enfant se plaint de s'ennuyer parce qu'il est seul et que vous ne vous occupez pas de lui, prenez le temps d'échanger avec lui. Certes, vous avez des obligations et des tâches ménagères qui vous empêchent d'être complètement disponible pour jouer avec lui, mais rien ne vous empêche de passer un bon moment à discuter, tout en préparant le repas. Il ne veut pas forcément faire quelque chose avec vous, **il a surtout besoin que vous soyez là pour lui.** D'ailleurs, s'il s'ennuie tant que ça, il peut vous aider. À deux, on va plus vite et s'il vous donne un coup de main, vous gagnerez du temps et pourrez ensuite disposer d'un moment pour jouer ensemble.

Le fait de **se montrer disponible pour son enfant lui prouve l'intérêt que vous lui portez**, lui montre que vous appréciez de passer du temps avec lui et évite ce qu'on appelle la « frite froide ». Une frite froide, ce n'est vraiment pas appétissant, mais c'est mieux que rien. Cela signifie que, parfois, un jeune enfant cherche à attirer l'attention de l'adulte en se montrant insupportable, juste pour qu'on s'occupe de lui. Il se fera gronder et l'interaction qu'il aura obtenue ne sera pas agréable mais au moins on s'occupera de lui et ce sera mieux que rien.

BON À SAVOIR

✓ Un enfant précoce ne supporte pas d'attendre, ce qui paraît logique avec un cerveau si rapide qui n'est pas habitué à prendre son temps. Si vous pensez que l'attente risque d'être longue dans la salle d'attente du cabinet médical, emportez de quoi l'occuper, des livres, une petite console de jeu, un livre de sudoku...

➔ Rendre les tâches quotidiennes **plus attrayantes**

Votre enfant est réticent à l'idée de ranger sa chambre ou de se laver les dents car ces activités répétitives ne sont pas assez stimulantes pour son cerveau et elles l'ennuient. Il faut ruser afin de les lui faire accepter tout de même, en les rendant ludiques. **Misez sur le jeu et le défi.**

• *Se brosser les dents*

Pour rendre le brossage des dents plus sympathique, **posez-lui une devinette**. Il a ensuite trois minutes pour trouver la réponse, le temps du brossage. Vous pouvez acheter un petit livre de devinettes ou de charades. Il existe des applications ludiques qui expliquent comment se brosser les dents correctement et même une brosse à dents connectée à une application : les mouvements de la main sont captés et transmis à l'application. Sans oublier les brosses à dents lumineuses et musicales, pour les plus jeunes.

Ranger sa chambre

Le rangement de la chambre est souvent très conflictuel, quel que soit l'âge. Si votre enfant de deux ou trois ans ne veut pas ranger ses jouets, **motivez-le en inventant et en lui racontant l'histoire de chaque objet**. Par exemple : « Madame chaussette sale est triste, elle ne trouve plus sa sœur. Elle la cherche dans toute la maison et, oh, enfin, la voilà ! Il est temps d'aller se coucher dans le panier de linge sale. Chut, pas de bruit, il faut les laisser dormir. » Plus tard, ce sera à lui d'inventer des histoires, en rangeant.

Les défis fonctionnent généralement bien avec les enfants précoces. Voici un petit jeu qui peut être motivant pour un jeune enfant : demandez-lui d'estimer combien de jouets il serait capable de ranger en une minute. Il doit essayer de tenir cet objectif. S'il échoue, il peut réessayer. S'il réussit, il doit ensuite évaluer le nombre de jouets qu'il peut ranger en deux minutes, puis trois... jusqu'à ce que tout soit rangé.

Limiter l'ennui **à l'école**

Un enfant ordinaire a besoin de **sept répétitions en moyenne** pour assimiler une notion. À l'école élémentaire, les programmes scolaires prévoient donc de présenter les mêmes notions plusieurs années de suite. Pour un enfant précoce qui n'a besoin que **d'une ou deux séances de travail** pour maîtriser un apprentissage, l'ennui peut très vite apparaître. De plus, il termine son travail en deux à quatre fois moins de temps que ses camarades et doit ensuite trouver des occupations en les attendant. Enfin, cet enfant brillant est trop peu interrogé par l'enseignant qui préfère vérifier si les élèves en difficulté ont compris.

Impliquez le corps enseignant

Votre enfant doit parler de son ennui à son professeur. En effet, les enseignants n'ont pas toujours conscience que certains de leurs élèves perdent le goût d'aller en classe parce que le manque de diversité des tâches et le rythme de travail ne leur conviennent pas, surtout s'ils sont très discrets et n'expriment pas leurs plaintes. **Un professeur averti peut proposer des aménagements**, en veillant à limiter les exercices répétitifs. S'il a parfaitement compris une notion et qu'un énième exercice lui serait indigeste, le professeur peut lui donner un autre travail, lui proposer de préparer un exposé ou lui demander d'aider un élève en difficulté.

Envisagez le passage anticipé

Quand l'ennui est excessif et les plaintes incessantes, le passage anticipé est une solution intéressante si l'enfant est demandeur ou pleinement motivé si c'est l'école qui le propose. Il ne faut cependant pas trop attendre de cette accélération de scolarité : certes le travail sera un peu plus compliqué donc intéressant, et le rythme plus soutenu, mais un enfant très rapide et brillant risquera tout de même de s'ennuyer quelques mois seulement après le changement de niveau.

8 AMÉLIORER LE SOMMEIL

Le sommeil est composé de plusieurs phases, qui sont regroupées dans des cycles d'environ une heure et demie chacun. Au cours de chaque cycle, le sommeil lent, régénérant pour le corps et le cerveau, précède le sommeil paradoxal qui, lui, ne repose que le corps, car le cerveau est alors très actif : outre les rêves, le sommeil paradoxal est lié au classement des informations en mémoire à long terme.

Un **sommeil différent** chez les enfants précoces

Chez les enfants et les adultes à haut potentiel, le sommeil est souvent différent. Il est généralement composé d'une proportion plus importante de sommeil paradoxal, alors qu'il n'occupe guère plus de 20 % du temps de sommeil total, à partir de la deuxième année de vie, chez la personne ordinaire. Le dormeur atteint la phase de sommeil paradoxal environ une heure après l'endormissement ou le début d'un cycle. Chez les personnes à haut potentiel, **le sommeil paradoxal peut apparaître au bout de quelques minutes seulement, aux dépens des autres phases de sommeil plus réparatrices, qui sont escamotées.**

Le sommeil paradoxal mis en cause

Le sommeil paradoxal présente des avantages, mais aussi quelques inconvénients : **il n'est pas reposant pour le cerveau**, ce qui peut expliquer la fatigue au réveil. De plus, **il consomme de la sérotonine** alors qu'il en bloque la synthèse, ce qui en épuise le stock et accroît les déficits chez ceux qui ont déjà tendance à en manquer. Or, la sérotonine joue un rôle important à différents niveaux et notamment pour se sentir bien. Appelée également « hormone du bonheur », elle prévient les baisses de moral et la dépression.

Le sommeil paradoxal est plus présent en fin de nuit. Les dernières heures de sommeil en contiennent beaucoup et sont donc peu reposantes. Il vaut mieux que votre enfant évite de se lever tard s'il a tendance à se sentir épuisé au réveil. **Avec un lever tardif, il ne sera pas plus reposé**, il manquera peut-être de sérotonine et sera maussade.

BON À SAVOIR

✓ D'après une étude sur le sommeil réalisée en 2003, à laquelle a participé Olivier Revol, un enfant précoce a quatre fois plus de risques d'avoir des troubles du sommeil qu'un enfant ordinaire : le nourrisson dort très peu, le petit enfant arrête la sieste avant l'âge de trois ans, il s'endort très difficilement le soir, il a un sommeil agité, se réveille la nuit ou souffre d'autres troubles nommés parasomnies.

Favoriser un bon sommeil

Le sommeil est programmé pour s'installer progressivement le soir, grâce à une hormone appelée « mélatonine ». La rétine contient des cellules sensibles au degré de luminosité qui transmettent l'information jusqu'à l'épiphyse ou glande pinéale. C'est elle qui secrète la mélatonine. Dès que la lumière baisse, la libération de la mélatonine augmente pour préparer l'endormissement. Inversement, une lumière forte le soir le retardera. Votre enfant doit donc **éviter les lumières vives et les écrans le soir** s'il connaît des difficultés d'endormissement.

Faites-lui prendre de bonnes habitudes

Notre horloge biologique organise l'alternance veille-sommeil sur environ 24 heures, avec des différences selon les individus : certains ont davantage besoin de dormir le matin et d'autres le soir. Pour bien **synchroniser notre horloge biologique** et faciliter l'endormissement, il faut s'exposer à la lumière bleue du matin et l'éviter au maximum deux heures avant le coucher. En effet, la lumière bleue, composée de longueurs d'onde courtes, inhibe la sécrétion de mélatonine nécessaire pour lancer le processus d'endormissement. La lumière bleue est produite par le soleil durant les premières heures de la matinée et les LED qui sont très largement utilisées de nos jours pour l'éclairage de nos maisons et de nos écrans. C'est important de ne pas se lever trop tard afin de profiter de cette lumière bleue, ce qui avancera l'endormissement le soir suivant. Et c'est encore plus important de ne pas passer la soirée devant un écran.

À l'adolescence, l'horloge biologique est décalée d'une heure trente à deux heures par rapport à celle des enfants. Les adolescents se couchent de plus en plus tard, mais ils doivent tout de même se lever tôt alors qu'ils ont physiologiquement besoin de dormir le matin. La seule solution est donc de récupérer dès que possible, en se levant un peu plus tard pendant les jours de congé et/ou en faisant des siestes.

Préparez-le à dormir

Avant le coucher, **votre enfant doit se détendre et éviter les activités excitantes** qui stimulent son cerveau et augmentent sa température corporelle. Évitez également de le coucher trop tôt si vous constatez qu'il parvient difficilement à s'endormir. S'il n'est pas fatigué, il ne s'endormira pas, s'énervera et se laissera envahir par toutes sortes de pensées, éventuellement anxiogènes.

Si votre enfant est anxieux au moment d'aller au lit, **cherchez ce qui peut l'apaiser :** faire le plein de tendresse et de câlins, prendre un bain, écouter une histoire, parler de ce qui le contrarie ou de ce qu'il envisage de faire le lendemain. Un enfant qui n'a pas l'esprit tranquille trouvera difficilement le sommeil. Le cerveau de l'enfant précoce manque parfois de « bouton marche-arrêt » et, si ce n'est pas encore son cas, il est possible qu'il le perde en grandissant. Ce cerveau trop vif a du mal à se calmer et s'arrêter de penser. Tout ce qui le stimule, le préoccupe ou attire son attention complique l'endormissement. **Il vaut mieux retarder le moment du coucher de quelques minutes si cela aide votre enfant à se « vider » la tête :** il peut avoir besoin de terminer ce qu'il a entrepris, dessiner les émotions négatives de la journée, noter ce qu'il ne veut pas oublier sur un petit carnet placé à côté de son lit, dire ce qui l'inquiète et qui ressurgit juste avant la longue séparation de la nuit. De même, dites-lui que vous allez repasser dans sa chambre dans un quart d'heure afin de le rassurer et l'aider à s'endormir plus facilement.

➔ Prendre en charge **les troubles du sommeil**

Il faut éviter au maximum les somnifères, surtout pour les enfants, car ils provoquent un sommeil peu réparateur et entraînent souvent un effet de dépendance.

• *Proposez-lui des solutions naturelles*

Certains parents utilisent, avec des résultats probants, **des traitements homéopathiques** ou **des huiles essentielles relaxantes** déposées sur l'oreiller : par exemple celles de lavande, d'orange ou de mandarine. L'hypnose, la sophrologie et différentes méthodes de relaxation peuvent aussi donner de bons résultats.

En cas de troubles trop sévères et mal supportés, **une consultation dans un centre du sommeil** permettra de comprendre les mécanismes du sommeil particulier de l'enfant, de trouver des solutions et de le rassurer. Demandez conseil à votre médecin, qui saura vous diriger vers le centre le plus proche.

Accompagnez ses parasomnies

Il s'agit de manifestations qui traduisent un état de conscience intermédiaire entre le sommeil et l'éveil. Les plus fâcheuses sont le somnambulisme, les terreurs nocturnes, l'énurésie et les paralysies du sommeil, avec ou sans hallucinations.

- Si votre enfant souffre de **terreurs nocturnes** ou de **somnambulisme**, parlez-lui doucement et câlinez-le. S'il est levé, raccompagnez-le calmement à son lit. Le lendemain, il ne se souviendra de rien, mais, sur le moment, il a besoin d'être rassuré.
- S'il est **énurétique**, vous pouvez lui proposer quelques séances auprès d'un sophrologue ou d'un hypnothérapeute. Ces deux méthodes thérapeutiques sont très efficaces en cas d'énurésie persistante. Elles ne sont pas efficaces pour tous, mais cela vaut le coup d'essayer.
- Enfin, votre enfant subit peut-être parfois **des paralysies du sommeil**, comme 5 à 20 % des enfants et adolescents, selon certaines études. Elles sont ensuite extrêmement rares chez l'adulte. Au moment du réveil, le cerveau est déjà éveillé mais le corps n'est pas encore capable de bouger, comme c'est le cas pendant le sommeil paradoxal. Cet état peut durer quelques minutes qui semblent interminables et réellement angoissantes, surtout si la paralysie s'accompagne d'hallucinations : l'enfant a l'impression que quelqu'un s'assoit sur son lit, il entend des bruits suspects... Le cerveau est à mi-chemin entre le sommeil et la veille et continue de rêver. Ces hallucinations peuvent être très organisées et ressembler à un rêve, mais avec la conscience d'être réveillé. Si un matin votre enfant

vous raconte s'être retrouvé paralysé et avoir vu ou senti quelque chose d'effrayant, expliquez-lui que cela peut arriver quand on se réveille alors que les muscles « dorment » encore et que l'on est encore en train de rêver. Surtout, ne minimisez pas ce qu'il dit et rassurez-le en lui expliquant que ce n'est pas dangereux et qu'il suffit d'attendre quelques minutes pour que tout le corps soit bien réveillé. Quant aux hallucinations, il s'agit seulement de perceptions que le cerveau fabrique tout seul.

MÉMO

✓ Le mieux est d'anticiper et de l'avertir de l'existence de ces phénomènes. Il sera ainsi moins angoissé si, un jour, il devait les vivre. C'est d'autant plus judicieux que les enfants sont tellement effrayés qu'ils n'osent pas toujours en parler quand ça leur arrive.

9 DOMPTER SA PENSÉE

Les enfants précoces aiment généralement cogiter, se poser des questions, observer, analyser, se noyer dans leurs pensées... Quelques-uns, toutefois, se plaignent de ne pas pouvoir contrôler leurs pensées envahissantes

Aidez votre enfant **à mieux apprendre**

Il n'est pas rare qu'un élève précoce soit en difficulté parce qu'il n'a pas appris à faire des efforts, à se faire confiance et à suivre des méthodes. **Il n'est pas suffisamment concentré et manque de rigueur intellectuelle.** Pour certains exercices, il doit prendre le temps d'analyser et de réfléchir, de suivre des étapes et d'expliquer comment il est parvenu au résultat. Or, il n'a pas l'habitude de travailler de cette façon. Son raisonnement a plutôt tendance à partir dans tous les sens, à chercher des voies inédites pour résoudre le problème, sans suivre la démarche exposée par le professeur. C'est l'une des raisons de l'échec scolaire des jeunes à haut potentiel, surtout en mathématiques.

Les bienfaits de la gestion mentale

Afin d'être plus efficace pour réfléchir et faire son travail scolaire, votre enfant peut bénéficier des apports de la gestion mentale. C'est une méthode qui a été mise au point par Antoine de La Garanderie au milieu du XXe siècle. Ce philosophe et pédagogue pense que tous les enfants peuvent réussir, à condition qu'ils sachent **utiliser les ressources cognitives qui sont à leur disposition**.

Il convient tout d'abord de **repérer comment votre enfant travaille** le plus efficacement pour ensuite s'en inspirer : est-il plutôt visuel ? A-t-il besoin, au contraire, de lire à haute voix et d'entendre ce qu'il doit mémoriser ? Retient-il mieux ce qu'il écrit ? Est-il plus efficace s'il fait les cent pas en apprenant sa leçon ? En effet, certains enfants ont besoin de mouvements pour mieux se concentrer. Or, les parents acceptent mal de voir leur enfant bouger quand il lit ou apprend une leçon. Faites l'essai : si votre enfant est plus performant lorsqu'il bouge, laissez-le bouger.

L'évocation est un autre grand principe de la gestion mentale. Évoquer consiste à **faire exister dans sa tête.** Par exemple, si un enfant ne se concentre pas sur ce qu'il lit, il y a peu de chances qu'il le retienne. Au contraire, il le mémorisera plus facilement et durablement s'il l'évoque, c'est-à-dire s'il le rend vivant dans sa tête, s'il se demande ce qu'il sait déjà et ce qu'il doit encore mémoriser, s'il traduit ce qu'il lit en images. Suggérez à votre enfant de se parler et de se poser des questions, cela l'aidera beaucoup à rester concentré et à structurer sa pensée.

La gestion mentale conseille également de se mettre en projet, c'est-à-dire de **se demander à quoi va servir ce qu'on apprend**, quelles questions le professeur pourrait poser dans la prochaine évaluation notée... Prévoir comment utiliser les informations permet d'y être plus attentif et de mieux les retenir.

BON À SAVOIR

✓ En classe, le fait d'être actif aide à être moins distrait et plus concentré sur ce que dit le professeur. Votre enfant peut avoir besoin de dessiner, prendre des notes ou participer afin de moins se laisser emporter par ses pensées.

Calmer **ses pensées anxieuses**

Si votre enfant se plaint de trop penser et s'inquiète, expliquez-lui qu'il ne peut pas arrêter de penser, mais qu'il peut détourner son attention vers des pensées apaisantes. Les méthodes de relaxation et notamment la sophrologie reposent sur ce principe, en utilisant la respiration, les ressentis corporels et les images mentales.

Exercices de sophrologie à proposer à votre enfant

Dans une ambiance calme, si besoin avec une musique très douce, demandez-lui de s'allonger et de respirer doucement en sentant son ventre se gonfler et se dégonfler à chaque inspiration/expiration.

- Dites-lui d'imaginer l'air qui entre et emplit tout son corps. Il peut se le représenter coloré, doux, chaud... Ce premier exercice a deux objectifs : **l'apaiser grâce à la respiration lente et l'amener à se concentrer sur autre chose que ses pensées.**
- Ensuite, demandez-lui de **se concentrer sur ses sensations corporelles**, de sentir le contact entre son corps et son lit, en procédant membre après membre, en commençant par ceux du bas et en remontant vers la tête.
- Puis, invitez-le à **imaginer que chaque membre devient lourd**, un par un, puis chaud, un par un. La tête doit rester fraîche ; il ne faut pas chercher à la sentir chaude. Les sensations imaginées doivent être apaisantes et agréables.
- Enfin, proposez-lui de **choisir un paysage dans lequel il se sent bien**, en sécurité et tranquille : une plage sous les cocotiers, un verger en fleurs... Faites-lui décrire le paysage en détail et ce qu'il pourrait ressentir : le chant d'un oiseau, la brise légère qui caresse sa peau, l'odeur des fleurs...

Au bout d'une dizaine de minutes, au cas où votre enfant ne serait pas sur le point de dormir, demandez-lui d'imaginer qu'il « réveille » doucement tous ses membres l'un après l'autre, avant de s'étirer.

10 GÉRER LES AUTRES TROUBLES !

Votre enfant présente peut-être un profil cognitif et neurodéveloppemental particulier, avec des scores hétérogènes au test d'efficience intellectuelle et un trouble des apprentissages ou du spectre autistique. Il arrive fréquemment que **le fonctionnement réel de l'enfant ne soit pas connu**, car chaque particularité peut masquer l'autre. Par exemple, un enfant précoce dyslexique peut obtenir des résultats scolaires moyens, ce qui masque son haut potentiel et sa dyslexie. Il en est de même pour tous les troubles d'apprentissage.

Quant à l'autisme, ses manifestations sont plus discrètes et moins invalidantes lorsqu'il est associé à un haut potentiel, qui permet une meilleure évolution de l'enfant.

➔ Accompagner un enfant qui souffre d'un trouble des apprentissages

Si votre enfant semble ne pas réussir scolairement comme il le devrait, s'il paraît limité à l'écrit alors qu'il est très pertinent à l'oral, il n'est pas exclu qu'il **cumule son haut potentiel avec un trouble cognitif**. N'hésitez pas à demander les bilans adéquats, afin de ne pas passer à côté d'un problème qui risquerait de ne pas être pris en compte. De nombreux adolescents se retrouvent en échec scolaire car leur dyslexie, leur dysgraphie ou leur trouble déficitaire de l'attention n'a pas été mis en évidence. Ils ont fini par baisser les bras, car ils n'ont pas reçu les aides qui auraient pu les faire progresser ni les encouragements dont ils avaient tant besoin.

Des résultats irréguliers

En cas de trouble avéré, il est nécessaire de rencontrer le professeur pour lui faire part du bilan. **Les enseignants ont notamment beaucoup de mal à concevoir qu'un élève puisse être en réussite un jour et en difficulté le lendemain sur le même type de travail.** Il est bon de leur expliquer qu'un élève qui doit fournir trop d'efforts pour une tâche qu'il ne peut pas automatiser (lire, écrire, se concentrer...) ne peut pas fournir ces efforts en continu. Les résultats sont, de fait, inévitablement irréguliers car, par moments, l'élève est fatigué, il s'est déjà trop concentré et doit faire une pause cognitive.

La dyslexie

Si votre enfant souffre de dyslexie, le principe est **d'alléger la charge de l'écrit :** réduire la quantité de lecture et de copie, lui donner davantage de temps, lui proposer des exercices à trous... À la maison, au moment des devoirs, vous pouvez lire et écrire à sa place. Le principal est que votre enfant assimile sa leçon. Si son professeur insiste pour qu'il écrive, rappelez-lui que **les devoirs écrits à la maison au primaire sont interdits.** La circulaire du 29 décembre 1956 est sans ambiguïté : « Aucun devoir écrit, soit obligatoire, soit facultatif, ne sera demandé aux élèves hors de la classe, en primaire. »

Aidez-le à mémoriser ses poésies en lui faisant répéter les phrases puis les paragraphes un à un. Lisez-lui ses cours et demandez-lui de les reformuler avec ses mots, puis posez-lui des questions. N'oubliez pas **que la mémoire a besoin de répétitions,** si possible avec une nuit entre chaque répétition, car c'est pendant le sommeil paradoxal que toutes les informations enregistrées durant la journée sont classées et consolidées en mémoire à long terme. Ce que votre enfant vient d'apprendre doit donc être révisé au moins une fois, un autre jour.

En ce qui concerne les tables de multiplication, elles peuvent s'avérer être une sacrée épreuve pour certains enfants dyslexiques dont la mémoire associative est déficitaire. Il est très difficile pour eux de mémoriser que 3 et 8 sont associés à 24, par exemple. Certains enfants les retiendront plus facilement en les chantant, en faisant appel à la mémoire musicale. Vous pouvez aussi suggérer à votre enfant de les mémoriser globalement, ce qui écarte d'emblée l'intervention de la mémoire associative, peu performante. Au lieu de retenir « trois fois huit vingt-quatre », faites-lui apprendre, comme si c'était un nouveau mot : « troisfoishuitvingtquatre ». S'il le répète rapidement et fréquemment, ce « nouveau » mot va s'inscrire dans sa mémoire en tant qu'entité individuelle et non pas comme une suite d'informations liées : si votre enfant entend « trois fois huit », il pensera « vingt-quatre ».

Parlez-en à ses professeurs

Il est primordial de faire comprendre à ses professeurs en quoi son trouble le désavantage. Voici ce que vous pouvez leur dire :

- **Si votre enfant ne parvient pas à rester concentré**, faites le parallèle avec un adulte qui conduit au milieu de la nuit et qui, par moments, voit sa vigilance s'effondrer, avec pourtant l'envie d'éviter l'accident. En cas de trouble déficitaire de l'attention, l'enfant est dans la même situation : il aimerait rester concentré mais, régulièrement, il « décroche ». C'est plus fort que lui.
- **Si votre enfant souffre de dyspraxie** (impossibilité d'automatiser les gestes appris) **ou même de dysgraphie** (trouble de l'écriture manuscrite), il est réellement handicapé dans toutes les tâches d'écriture. Proposez à son professeur de faire le test qui consiste à écrire toute une journée en utilisant la main non dominante : les droitiers écrivent de la main gauche et inversement. Quelques minutes suffisent à comprendre ce qu'endure un enfant qui n'a pas automatisé l'écriture. Il doit sans cesse écrire avec une main qu'il ne maîtrise pas, comme s'il écrivait avec sa main non dominante. Son souci, c'est qu'il n'a pas vraiment de main dominante.
- **La lecture de l'enfant dyslexique est très coûteuse**. Pour bien vous en rendre compte, rappelez-vous comme c'est compliqué de lire les mots qui sont écrits à la verticale. Votre enfant dyslexique lit ainsi.

Aider un enfant qui présente **un trouble du spectre autistique**

Si votre enfant est autiste, il présente certainement **des hypersensibilités sensorielles encore plus insupportables** que s'il n'était que précoce. Faites tout votre possible pour l'isoler des sources de désagrément. Il n'y a pas d'autres solutions, car il ne peut pas apprendre à ne plus être incommodé par ce qui agresse ses sens.

Sans doute votre enfant ne parvient-il pas à comprendre parfaitement les messages et les attitudes de ses pairs. Donnez-lui l'habitude de vous questionner dès qu'il se trouve confronté à une situation qu'il ne comprend pas : un geste, une expression au sens figuré, un conflit, une règle du jeu... Munissez-le d'un petit carnet qu'il peut emporter partout pour y noter tout ce qu'il pense nécessaire d'éclaircir avec vous. **Un enfant autiste peut comprendre et utiliser les codes sociaux, mais il peut difficilement les assimiler naturellement** comme c'est le cas pour les autres enfants. Il a besoin de les apprendre, car ils ne sont pas évidents pour lui.

BON À SAVOIR

✓ Les enfants autistes pensent beaucoup « en images ». Si votre enfant ne comprend pas une notion, essayez de la lui représenter sous forme de dessin ou schéma. De même, il comprend peut-être mieux ce qu'il lit que ce qu'il entend.

CONCLUSION

Être précoce n'est pas une malédiction. Votre enfant peut s'épanouir malgré et avec cette différence. Il a d'ailleurs une chance inestimable qui n'est pas donnée à tous : plus tard, pour peu qu'il garde confiance en lui et qu'il fournisse les efforts nécessaires, ses grandes capacités intellectuelles lui donneront la possibilité d'intégrer les études désirées puis d'exercer le métier qui le fait rêver.

Et s'il a un trouble d'apprentissage qui complique sa scolarité ? Il risque de penser que les études ne sont pas faites pour lui et qu'il n'a que les inconvénients de la précocité intellectuelle. Parlez-lui des études de médecine, très exigeantes et loin d'être accessibles à tous. Racontez-lui qu'Olivier Revol est pédopsychiatre, c'est-à-dire médecin. Dites-lui que le petit Olivier était non seulement précoce, mais aussi dyspraxique et hyperactif, avec un trouble déficitaire de l'attention. Et, comme si cela ne suffisait pas, il était gaucher, à une époque où il fallait tremper la plume dans l'encrier disposé à droite.

Bref, il avait tout pour être pénalisé dans ses études, mais il a réussi.

Tout est possible pour votre enfant, même s'il souffre d'un trouble d'apprentissage. Olivier Revol a réussi alors qu'il en combinait plusieurs.

Enfin, s'il y a une chose importante à retenir au sujet de votre enfant précoce, c'est qu'il a, avant tout et encore plus qu'un autre, besoin de savoir qu'il compte pour vous.

RESSOURCES UTILES

Livres pour les enfants

- Claire Grand, *Échanges autour du haut potentiel - tome I, Enfant surdoué... Explique-moi qui je suis*, L'Harmattan, 2016
- Claire Grand, *Journal d'un jeune surdoué*, L'Harmattan, 2012
- Claire Grand, *Journal d'un collégien surdoué*, L'Harmattan, 2020
- Claire Grand, *Toi qu'on dit autiste – Le syndrome d'Asperger expliqué aux enfants*, L'Harmattan, 2012
- Claire Grand, *Toi qu'on dit surdoué – La précocité intellectuelle expliquée aux enfants*, L'Harmattan, 2011
- Emmanuelle Piquet et Lisa Mandel, *Je me défends du harcèlement*, Albin Michel Jeunesse, coll. Documentaires, 2016
- Claude Steiner et PEF, *Le conte chaud et doux des Chaudoudoux*, Interéditions, 2018

Livres pour les parents

- Charly Cungi et Serge Limousin, *Savoir se relaxer en choisissant sa méthode*, Retz, coll. Savoirs pratiques, 2020
- Adèle Faber et Élaine Mazlish, *Parler pour que les ados écoutent, écouter pour que les ados parlent*, Éditions du Phare, 2020
- Antoine de La Garanderie, *Réussir, ça s'apprend*, Bayard, 2013
- Claire Grand, *Prendre en charge les troubles des apprentissages*, L'Harmattan, coll. Enfance éducation et société, 2017
- Fanny Nusbaum, Olivier Revol et Dominic Sappey-Marinier, *Les philo-cognitifs - Ils n'aiment que penser… et penser autrement*, Odile Jacob, coll. Psychologie, 2019
- Emmanuelle Piquet, *Te laisse pas faire – Aider son enfant face au harcèlement à l'école*, Payot, coll. Psychologie, 2014
- Jeanne Siaud-Facchin, *L'enfant surdoué - L'aider à grandir, l'aider à réussir*, Odile Jacob, coll. Poche, 2019
- Jeanne Siaud-Facchin, *Tout est là, juste là - Méditation de pleine conscience pour les enfants et les ados aussi*, Odile Jacob, coll. Psychologie, 2014
- Eline Snel, *Calme et attentif comme une grenouille*, Les Arènes, coll. Méditation, 2017
- Jean-Charles Terrassier, *Les Enfants surdoués ou la précocité embarrassante*, ESF éditions, 1981

Dans la même collection :

- *Les devoirs à la maison*, F. Plessiet
- *Les écran*, Dr S. Dieu Osika
- *Canaliser son énergie*, F. Millot
- *La charge mentale*, F. Corre-Montagu
- *L'obéissance sans cris ni punitions*, S. Damou-Sabry
- *Bien s'alimenter*, D. Compte
- *Aider son enfant à dépasser ses peurs*, F. Millot
- *Vaincre la peur de l'échec*, S. Damou-Sabry
- *Réduire les déchets au quotidien*, I. Boucq
- *Cultiver l'optimisme en famille*, G. Chatelain-Berry
- *Accompagner son adolescent*, F. Millot
- *Parents séparés*, S. De Dinechin
- *Rendre autonomes ses enfants au quotidien*, F. Corre Montagu
- *Améliorer le sommeil de son enfant*, Dr S. Dieu Osika
- *La pédagogie Montessori : comprendre ses fondamentaux et les mettre en application*, F. Bodu
- *Les nouveaux papas*, M. De Breyne
- *L'enfant Dys : le comprendre, l'accompagner, le valoriser* , F. Chée
- *Filles, garçons : pour une éducation non genrée et sans clichés*, S. Bourdeverre-Veyssiere
- *L'enfant à haut potentiel : le comprendre pour mieux l'accompagner*, C. Grand
- *Le harcèlement scolaire*, F. Millot

Pour plus de conseils et d'astuces, rendez-vous sur :

PARENTIPS

Développement de l'enfant, scolarité, vie quotidienne ou activités, retrouvez de nombreux contenus d'experts pour les enfants de 0 à 14 ans.

www.parentips.fr

Direction : Rachel Duc
Responsable éditoriale : Caroline Terral
Édition : Amédine Sèdes
Directeur artistique : Nicolas Vallet
Principe de maquette et illustrations : Ho Thanh Hung
Mise en page : Patrick Leleux PAO
Chef de studio : Karine Alary
Fabrication : Cécile Labarthe

 - ISBN : 978-2-401-07630-3

Achevé d'imprimer par l'Imprimerie de Champagne à Langres – France
Dépôt légal : 07630-3/01 – mars 2021

PAPIER À BASE DE FIBRES CERTIFIÉES

Hatier s'engage pour l'environnement en réduisant l'empreinte carbone de ses livres. Celle de cet exemplaire est de :
250 g éq. CO_2
Rendez-vous sur www.hatier-durable.fr

IMPRIM'VERT
Votre imprimeur agit pour l'environnement